W9-CEW-109

THE PARTY IN THE SKY

A FESTA NO CÉU

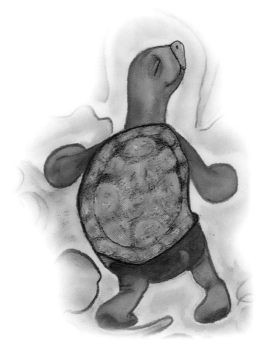

Adaptation by / Adaptação de Antonio Rocha
Illustrations by / Ilustrações de Cedrick Dawson

The Party in the Sky/ A Festa no Céu

Adaptation by Antonio Rocha
Illustrator: Cedrick Dawson
Page layout: Louise Canuto
© Copyright 2011, Educa Vision Inc. Coconut Creek, FL

All rights reserved. No part of this book may be reproduced or transmitted in any form or by any means, electronic or mechanical, including photocopying, recording or by any informational storage or retrieval system except by a reviewer who may quote brief passages in a review to be printed in a magazine or a newspaper without permission in writing from the publisher.

Adaptação de: Antonio Rocha
Ilustrador: Cedrick Dawson
Diagramador: Louise Canuto
Copyright 2011 Educa Vision Inc, Coconut Creek, Fl

Todos os direitos reservados. Nenhuma parte deste livro pode ser reproduzida ou transmitida de nenhuma forma, eletrônica ou mecânica, incluindo fotocópias, gravações ou em qualquer forma de armazenamento de informações ou sistema de recuperação de dados exceto por um crítico que faça citações de breves passagens em uma crítica a ser publicada em uma revista ou jornal sem a permissão escrita da editora.

Educa Brazil
7550 NW 47th Avenue
Coconut Creek, Fl 33073
Tel: 954-968-7433
Fax: 954-970-0330
Web: www.educabrazil.com

ISBN13: 978-1-58432-669-4

About the adaptation:

The Party in the Sky is a well-known Brazilian folk tale. The author is unknown. It is a variation of the same old-world motif of how Turtle got its back. The earlier versions feature Turtle sneaking into the guitar and when Turtle falls, its shell breaks as a punishment, as if Turtle did not belong in the Party in the Sky. This message belongs to a world long ago when people from different classes and ethnic backgrounds were not supposed to mix. I have decided to approach the story with a new point of view. My adaptation features Turtle remembering a saying its mother said: "Where there is a will there is a way!" Turtle seeks the help of other animals and with perseverance, kindness, patience and hope, Turtle's dream comes true.
Dear readers, do not be afraid of dreaming high. May all your dreams come true!

Sobre a adaptação:

A Festa no Céu é um conto bem popular Brasileiro de autoria desconhecida. É uma variação do velho tema mundial de como a Tartaruga recebeu o seu novo casco. Em algumas versões a Tartaruga entra no violão escondida e quando a Tartaruga cai, seu casco quebra como um castigo, como se a Tartaruga não fosse permitida a ir para a Festa no Céu. Esta mensagem pertence a um mundo antigo e de discriminação no qual as pessoas de classes e grupos étnicos diferentes não eram permitidas a se misturar. Eu decidi escrever a história com um novo ponto de vista. Na minha adaptação a Tartaruga lembra-se de um ditado que sua mãe dizia: "Onde existe uma vontade, há uma solução!" A Tartaruga procura a ajuda de outros animais e com perseverança, educação, paciência e esperança, o sonho da Tartaruga se realiza.
Queridos leitores, não tenham medo de sonhar alto. Que todos seus sonhos se realizem!

Antonio Rocha

Special thanks to Louise Canuto for inviting me to do this project, for her patience and for finding me an illustrator. Thank you Cedrick Dawson for your art.

Thanks to my family, especially my wife Sheryl Scribner Rocha, my daughter Gabriella Rocha, and sisters Lourdes Bernadete Rocha de Souza and Vera Rocha for their support.

Agradecimentos especiais a Louise Canuto por convidar-me para fazer este projeto, por sua paciência e por ter me encontrado um ilustrador. Agradeço a Cedrick Dawson por sua arte.

Agradeço minha família, principalmete minha esposa Sheryl Scribner Rocha, minha filha Gabriella Rocha e minhas irmãs, Lourdes Bernadete Rocha de Souza e Vera Rocha pelo suporte.

This book is dedicated to the memory of Sherry Geyelin, who believed in my work and helped me realize so many of my dreams.

Este livro é dedicado à memória de Sherry Geyelin, que acreditou no meu trabalho e ajudou na realização de muitos dos meus sonhos.

 nce... a long time ago... so long ago that people were yet to walk the Earth, there were sky animals, water animals and land animals.

Era uma vez... há muito tempo atrás...tanto tempo que nem existia gente vivendo na Terra, somente existiam os animais do céu, da água e da terra.

One day, a parrot flew down from a tree and brought news for all animals: *"Listen up, listen up! Tomorrow night the moon will be full and we will have a party in the sky. There will be lots of dancing. Get ready, the party is tomorrow night!"*

Um dia, um papagaio desceu de uma árvore e anunciou para todos os animais: *"Escutem, escutem! Amanhã à noite a lua estará cheia e teremos uma festa no céu. Haverá muita dança. Preparem-se, a festa será amanhã à noite!"*

7

The animals went bananas! They even went to get their tuxedos and gowns cleaned for the Party in the Sky.

However, some animals were born to fly, while others were not. One particular animal really wanted to go to this party, but instead of wings, it had a big shell on its back. It was Turtle.

Os animais ficaram louquinhos da vida! Foram até lavar seus smokings e vestidos de gala para a Festa no Céu.

Entretanto, alguns animais nasceram para voar, enquanto outros não. Havia um animal em particular que queria muito ir à esta festa, mas no lugar de asas, tinha um casco nas costas. Era a Tartaruga.

"I really want to go to this party and dance a little bit. Dancing is so much fun and so good for your health! I sure would love to go, but I cannot fly," said Turtle. Some animals even laughed at Turtle for dreaming so high. Turtle was sad, and then remembered something its momma used to say: "Where there is a will, there is a way!" Turtle then thought, "Well, I have the will and I will find a way. Let me think... uhmmmm... Aha! All I need is to get a ride with a sky animal."

"Eu quero muito ir à esta festa para dançar um pouquinho. Dançar é tão divertido e bom para saúde! Eu gostaria de ir, mas eu não posso voar," disse a Tartaruga. Alguns animais até riram da Tartaruga por sonhar tão alto. A Tartaruga ficou triste, mas então lembrou-se de algo que sua mãe dizia: "Onde existe uma vontade, há uma solução!" A Tartaruga então pensou: "Bem, eu tenho a vontade, portanto eu acharei uma solução. Deixa eu pensar... uhmmmm... Ah! Tudo que eu preciso é de uma carona com um animal do céu."

All of a sudden a swarm of bees buzzed by. "Look at all those bees!" said Turtle. "They are tiny but I hear they are mighty. I am sure they can get me off the ground and give me a ride to the Party in the Sky."

De repente um enxame de abelhas apareceu no céu. "Olha todas essas abelhas!" disse a Tartaruga. "São minúsculas, mas sei que juntas são fortes. Tenho certeza que vão me levantar do chão e me dar uma carona para a Festa no Céu."

13

Turtle called the bees and they flew down to help. The bees held on to Turtle and buzzed their wings as hard as they could, but they could not lift Turtle off the ground, and so they flew away.

A Tartaruga chamou as abelhas e elas voaram ao seu encontro para ajudá-la. As abelhas agarraram a Tartaruga e zuniram as suas asas ao máximo, mas não conseguiram levantar a Tartaruga do chão, e então elas foram embora.

Just then, Turtle saw two macaws, and did not waste a single second. *"Hello macaws! Could you please give me a ride to the Party in the Sky? I just want to dance a little bit."*

Pouco depois, a Tartaruga avistou duas araras, e não desperdiçou um único segundo: *"Olá araras! Por favor, vocês poderiam me dar uma carona para à Festa no Céu? Eu gostaria de dançar um pouquinho".*

The macaws were also kind and flew down to help. They held tight to Turtle and flapped and flapped their wings. Feathers were going here and there, their necks and legs began to stretch, but they could not lift Turtle off the ground either, and so they flew away.

As araras também foram gentis e voaram ao encontro da Tartaruga para ajudá-la. Elas seguraram na Tartaruga e bateram as asas. Penas voaram para lá e para cá! Seus pescoços e pernas começaram a se esticar, mas mesmo assim, não conseguiram levantar a Tartaruga, e então elas foram embora.

Turtle was sad but did not give up. All of a sudden, Turtle noticed that the sun was setting, so it decided to go to sleep and try again the next day. All night Turtle dreamed it was flying way up to the party! The dream was so real that when Turtle woke up, it felt like it was still flying!

A Tartaruga ficou triste mas não desistiu. De repente, a Tartaruga notou que o sol estava se pondo, então decidiu ir dormir e tentar novamente no dia seguinte. A noite inteira a Tartaruga sonhou que voava para a festa! O sonho foi tão forte que quando a Tartaruga acordou, parecia como se ainda estivesse voando!

Turtle began to look for help again. All day long Turtle looked for help! Unfortunately, all the sky animals were busy with last minute preparations, doing their nails and grooming their feathers. All of a sudden, Turtle heard something coming from the woods.

A Tartaruga começou a procurar ajuda novamente. O dia inteiro a Tartaruga procurou ajuda! Infelizmente, todos os animais do céu estavam ocupados fazendo as unhas e limpando suas penas. De repente, a Tartaruga ouviu algo que vinha da floresta.

It did not sound like a bird or any other animal. Filled with curiosity, Turtle went to see what it was. There, sitting on a tree stump was a turkey vulture tuning his guitar. "Wow!" said Turtle, *"Those are the biggest wings I have ever seen!"*

Não soava como um pássaro ou qualquer outro animal. Cheia de curiosidade, a Tartaruga foi ver o que era. Sentado num toco de árvore, viu um urubu afinando seu violão. *"Nossa!"* disse a Tartaruga, *"Essas são as maiores asas que eu já vi!"*

"Excuse me, turkey vulture. I would love to go to the Party in the Sky and dance a little bit. Could you please give me a ride?" Vulture said, "I am playing music tonight and have to bring the guitar. There's no room. I am very sorry, but no can do." Turtle very sadly thanked vulture, and began to walk away slowly, like turtles do.

"Com licença, urubu, eu gostaria de ir na Festa no Céu e dançar um pouquinho. Você poderia me dar uma carona, por favor?" O urubu disse: "Eu tocarei música hoje a noite e tenho que levar o violão comigo. Não tem espaço para você. Sinto muito mas não posso te ajudar." A Tartaruga agradeceu tristemente e foi embora, devagar como as tartarugas andam.

Vulture then realized that the guitar was hollow and had an opening in it! *"Maybe I could fit Turtle in the guitar,"* thought vulture. *"Hey Turtle, good thing you move slowly and are not gone yet. I have an idea!"* But when Turtle started to get inside, its shell got stuck. Vulture gave Turtle a push and Turtle fell in!

Então o urubu lembrou que o violão era oco e tinha uma abertura! *"Talvez eu possa pôr a Tartaruga dentro do violão,"* pensou o urubu. *"Oh Tartaruga, que bom que você anda devagar e ainda não foi embora. Eu tenho uma idéia!"* Mas quando a Tartaruga tentou entrar no violão, seu casco ficou agarrado. O urubu deu um empurrãozinho e a Tartaruga entrou!

Vulture slung the guitar over its shoulder and opened its huge and elegant black wings. *"Turtle, hold on tight!"* cried vulture. *"Come on wings, don't fail me now! Flap, flap some more... here we go!!"* Higher and higher they flew, until vulture landed softly on the cloud where the party was happening.

O urubu pendurou o violão sobre seu ombro e abriu suas grandes e elegantes asas pretas. *"Tartaruga, segure-se bem!"* disse o urubu. *"Vamos lá, asas, não me desapontem! Mais força asas...lá vamos nós!!!!"* Alto e mais alto eles voaram, até que o urubu aterrissou suavemente na nuvem onde a festa estava acontecendo.

Turtle became the star of the party, because it was the only animal that could not fly that had come all the way up to the Party in the Sky. With perseverance, kindness, patience and hope, Turtle's dream had come true.

A Tartaruga tornou-se a estrela da festa, porque era o único animal que não podia voar que havia chegado na Festa no Céu. Com perseverança, educação, paciência e esperança, o sonho da Tartaruga havia se realizado.

26

Turtle danced a little bit here, a little bit there. Turtle danced with the humming birds, the bees, and macaws. Even the great eagles danced with Turtle! Turtle was having a really good time, when all of a sudden it was time to go.

A Tartaruga dançou um pouquinho aqui, um pouquinho acolá. A Tartaruga dançou com os beija-flores, com as abelhas, e com as araras. Até as grandes águias dançaram com a Tartaruga! A Tartaruga se divertia muito, quando de repente chegou a hora de ir embora.

27

Vulture's wings hurt from playing all night. Vulture said, "*I cannot open my wings, so I will jump off the cloud, and the wind will open them up. I heard it works. Hold on tight!*"

As asas do urubu estavam doloridas de tocar violão a noite toda. O urubu disse: "*Não consigo abrir as minhas asas! Então vou dar um pulo da nuvem e quando o vento bater nas minhas asas, elas se abrirão. Eu ouvi falar que isso funciona. Segure-se bem!*"

When vulture jumped off the cloud, his wings popped open and they began to glide. *"All I have to do is glide to the ground. I could even take a nap, just a short little nap before we land,"* vulture said. Vulture fell asleep when a sudden gust of wind flipped vulture and the guitar upside down!

Quando o urubu pulou da nuvem, suas asas se abriram e eles começaram a planar. *"Tudo que eu tenho que fazer é planar até o chão. Eu poderia até tirar uma pequena soneca antes de aterrizar,"* disse o urubu. O urubu caiu no sono quando de repente uma rajada de vento virou o urubu e o violão de ponta cabeça!

Turtle was thrown out of the guitar and fell all the way down to the ground! Turtle hit the ground hard, fainted, and its shell broke into many pieces. Vulture said, *"Oh no! I am so sorry! I will fix this mess I made before you wake up!"*

A Tartaruga foi jogada para fora do violão e caiu no chão! A Tartaruga bateu no chão com força, desmaiou, e seu casco se partiu em vários pedaços. O urubu disse: *"Oh não! Me desculpe! Eu consertarei seu casco antes de você acordar!"*

30

Vulture began to put the pieces together, but they would not stick. Vulture looked around: *"How can I make them stick?"* Then vulture saw a tree and had an idea! Vulture flew to the tree and with its powerful beak dug into the bark and filled its mouth with sap.

O urubu começou a pôr os pedaços juntos, mas os pedaços não grudavam. O urubu olhou a sua volta: *"Como posso fazê-los grudar?"* Então, ele viu uma árvore e teve uma grande ideia! O urubu voou até a árvore, e com seu poderoso bico cavou o tronco e encheu a boca de seiva.

Vulture poured the sap all over Turtle's back. Vulture then was able to place one piece at a time, like a puzzle, on Turtle's back. As Turtle was waking up, the last piece was in place, and Turtle had a new shell. Soon the cracks healed, but the scars never went away, creating instead a beautiful pattern. Turtle smiled and thanked vulture for the opportunity to go to the party and for fixing its shell.

O urubu colocou a seiva sobre as costas da Tartaruga. O urubu pôde então colar um pedaço do casco de cada vez, como um quebra-cabeças. Quando a Tartaruga acordou do desmaio, o último pedaço estava em seu lugar, e a Tartaruga tinha um novo casco. Logo as rachaduras cicatrizaram-se, mas as cicatrizes nunca foram embora, criando assim um belo desenho. A Tartaruga sorriu e agradeceu o urubu pela oportunidade de ter ido à festa e por ter consertado o seu casco.

Have you ever noticed that turtles have a pattern of dark lines on their backs? Well, now you know why! It is because of this Brazilian Turtle that went to... the Party in the Sky!!!!!!

Vocês já observaram que as tartarugas têm várias linhas escuras nas suas costas? Pois então vocês já sabem o porquê! Isso aconteceu por causa desta Tartaruga Brasileira que foi à... Festa no Céu!!!

Order Form

Educa Brazil
7550 NW 47th Ave.
Coconut Creek, FL 33073
954-977-7763
www.educabrazil.com

Visit **www.educabrazil.com** for more selections.

Name: _____

Address: _____

Telephone: _____

Please send the following:

Quantity	Title	Price	Sub-Total
Tax (6% for Florida residents)			
Shipping 10% of total (minimum $4.80)			
Total:			

Please make check payable to Educa Brazil. We accept Visa and MasterCard.

You might also be interested in:

A História do Arco-Íris/ The Rainbow Story *Daniela Padilha e Paz Marenco, Carolina Schiaffino e Gonzalo Gerardin.* Bilingual. Paperback. $12.00
ISBN: 1-58432-683-2

Bruno e João/ Bruno & João *Jean-Claude R. Alphen*

ISBN: 1-58432-682-4
Bilingual. Paperback. $12.00